文字動物園：
動物成語及比喻

# 十二聲笑

文／哲也　圖／呂淑恂　吳司璿

# 出版說明

從純粹圖畫的閱讀跨進文字閱讀，是孩子學習語文的一個關鍵階段。作為父母或老師，確實有需要為孩子挑選合適的橋樑書，幫助他們接觸文字，喜歡文字。《字詞樂園》就是針對這個階段的學習需要而設計，有助孩子從繪本開始，循序漸進地接觸文字，順利過渡到文字閱讀。

透過輕鬆有趣的故事，可愛風趣的繪圖，引發閱讀文字的興趣，幫助孩子愉快學習。書內的導讀文章和語文遊戲，均由資深小學老師撰寫，有助父母或老師了解每本書的主題和學習重點，更有效地利用所提供的學習材料。

把文字的趣味與變化，融合在幽默的童話故事裏，先吸引孩子親近文字，喜歡文字，再通過主題式閱讀，增進語文知識，建立字形、字音、字義的基本認識，透過適量練習題的實踐，孩子可掌握字詞組合變化的原則，更可玩語文遊戲寓學於樂，培養語感及累積對文字的運用能力。

本系列將各種文字趣味融合起來，從字的形音義、字詞變化到句子結構，有效幫助開始接觸中文的孩子，一窺中文的妙趣，進而愛上閱讀，享受閱讀。

# 使用說明

《字詞樂園》系列共有七本書，每本書以不同的中文知識點為主題：

一、《英雄小野狼》——字的形音義：字形、字音、字義。

二、《信精靈》——字的化學變化：字詞組合。

三、《怪博士的神奇照相機》——字的排隊遊戲：字序及聯想字詞。

四、《巴巴國王變變變》——字的主題樂園：量詞、象聲詞及疊字。

五、《十二聲笑》——文字動物園：與動物有關的成語及慣用語（如斑馬線、牛皮紙、鴨舌帽等）。

六、《福爾摩斯新探案》——文字植物園：與植物有關的成語及慣用語（如雪花、花燈等），以植物的外表和性情形容人的表達方式。

七、《小巫婆的心情夾心糖》——字的心情：表達情緒的詞語，分辨情緒字眼的強弱程度。

## 目錄

目錄列出書內每個故事最關鍵的語文知識重點。父母或老師可因應學習需要為孩子挑選故事，也可以讓孩子隨着興趣選讀故事，再引導他們學習相關知識。

## 練習題及親子活動

每個故事後有相關的練習題和親子活動，幫助孩子複習學過的內容，也提供機會給家長與孩子一起玩親子遊戲。

# 目錄

# 十二聲笑

文字動物園：學習與動物有關的成語及比喻

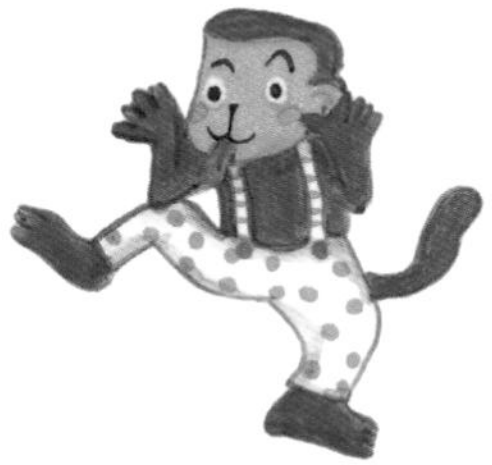



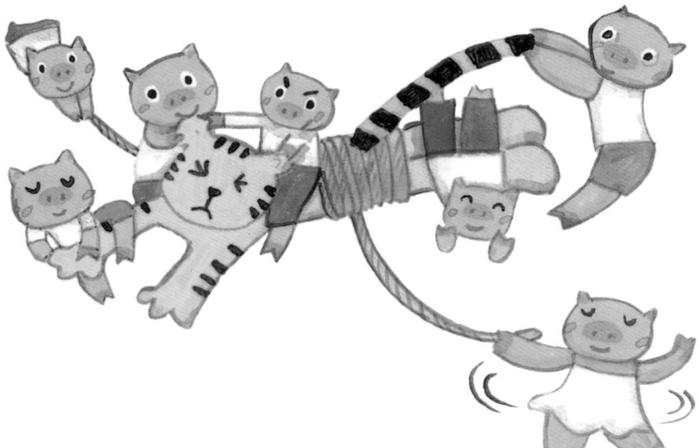

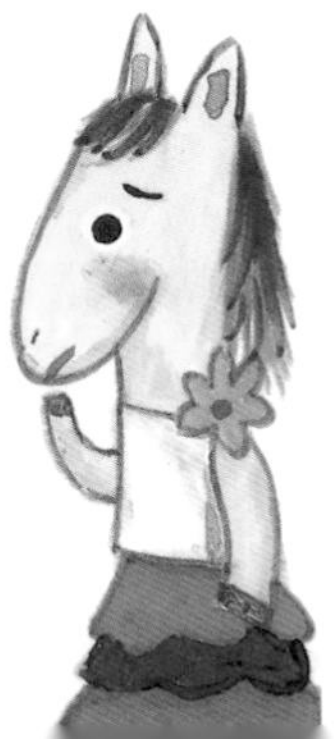

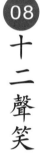

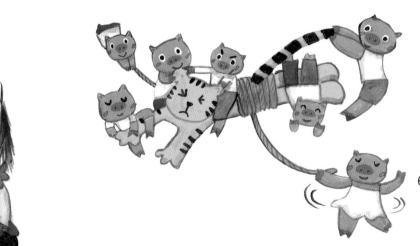

# 十二聲笑

（呂淑恂繪）

從前從前，有一位國王，他很不愛笑，很兇，整天板着一張臉，就算給他搔癢，他也不笑。

「你不要這麼兇嘛。」小公主常常拉着他的袖子說：「笑一下嘛。」國王嘴角往下一撇說：「有甚麼好笑的？」

於是，為了讓國王有一些好笑的事情可以笑，公主靈機一動，舉辦了一場「動物逗趣大賽」。

這場比賽，總共有十二組動物報名參加。

「各位，請盡量表演得好笑一點！」公主說完，比賽就開始了。

第一個上場的是老鼠。

「請問你要表演的是甚麼？」公主問。

「過街。」老鼠怯生生說。

然後牠很快的跑過街，表演就結束了，真的很不好笑，觀眾都氣得很想打牠，所以後來就留下了「過街老鼠，人人喊打」這樣的成語。

第二位上場的是牛先生，他要表演愛情戲，可是演到一半就演不下去了，因為跟他演對手

戲的是馬小姐，而牛先生說甚麼都不肯親馬小姐。於是，留下了「牛頭不對馬嘴」的成語。

　第三位是老虎，牠表演打拳，一邊打，還一直放屁，滿好笑的，後來大家都說牠打得「虎虎生風」。

　下一位是兔小弟，可是一直不見人影，大家在舞台旁的大樹邊等牠等好久，才發現樹邊的小樹叢，就是牠裝扮成的，害大家「守株待兔」，真是又好氣又好笑。

　接下來是兩組才藝表演，龍哥哥表演

「龍飛鳳舞」的彩帶舞，樣子很滑稽。蛇爺爺則現場揮毫，畫了一張自畫像，還給自己加上兩隻光腳丫，說是「畫蛇添足」，模樣也很逗趣。大家都掌聲鼓勵。

接下來輪到馬小姐表演了，可是她還在哭，因為剛剛牛先生說不肯親她，是因為她臉太長了。「可是我覺得一點也不長啊。」她哭着說。

大家笑成一團，都說果然是「馬不知臉長」。

下一位上台的是羊妹妹，可是她一上台就被牽走了，因為她表演的是「順手牽羊」。不過她無辜的表情，逗得大家很開心。

接着猴子表演扮鬼臉，「尖嘴猴腮」的樣子，很好笑。大公雞則表演「聞雞起舞」，自己叫一聲，跳一下，叫一聲，跳一下。大家都笑翻了。

接下來上場的是小狗，他本來也要表演跳舞的，可是龍和公雞都跳過了，牠一急，只好表演跳牆，結果卡在牆頭上下不來，大家都笑得肚子痛，誰叫他「狗急跳牆」嘛！

最後是一羣小豬上場，表演一齣話劇，名字叫「扮豬吃老虎」。

這句成語的意思是假裝成笨笨的樣子，卻能欺負像老虎一樣厲害的傢伙。小豬們演得好精彩，觀眾當中，除了老虎先生以外，全場掌聲和笑聲不斷。

這時候，大家轉頭看國王。國王坐在觀眾席最上面，一笑也不笑，可是卻滿臉通紅，臉頰漲得鼓鼓的。

「不要憋

嘛。」小公主一邊給他搔癢，一邊說：「笑一下嘛。」

國王噗一聲笑出來，而且不只笑一下，他笑了十二下。

「哈哈哈……哈哈哈……笑死我了……哈哈哈……哈哈哈……」

後來，鼠牛虎兔龍蛇馬羊猴雞狗豬，就被稱為「十二聲笑」。

到現在，每年他們都還會派一位代表出場，到處巡迴演出呢。

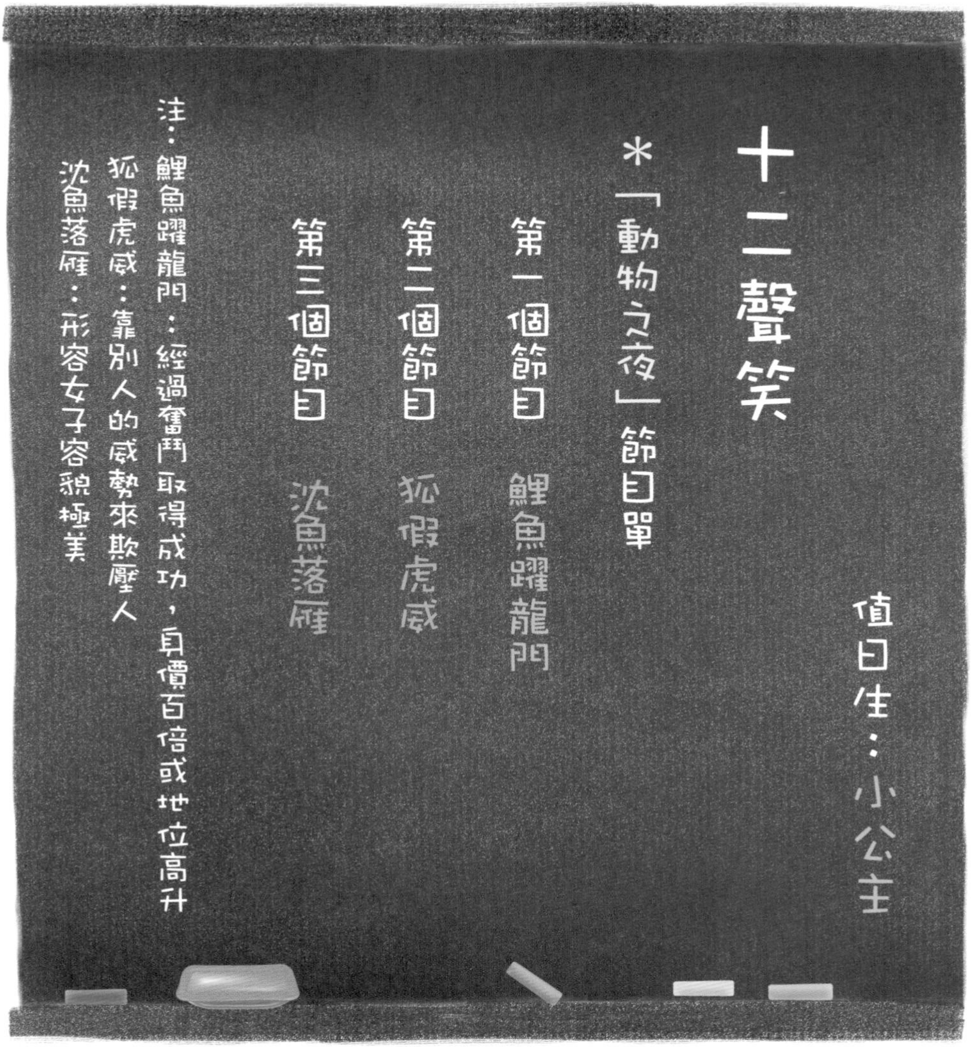
十二聲笑
值日生：小公主
＊「動物之夜」節目單
第一個節目　鯉魚躍龍門
第二個節目　狐假虎威
第三個節目　沈魚落雁
注：鯉魚躍龍門：經過奮鬥取得成功，身價百倍或地位高升
狐假虎威：靠別人的威勢來欺壓人
沈魚落雁：形容女子容貌極美

# 怪博士的變身槍

用動物比喻外形

（呂淑恂繪）

今天，天氣很好。

怪博士在鄉下的實驗室，閃閃發光，一定是又有甚麼新發明。

沒錯！怪博士打開門，手裏拿着一把奇怪的東西。

助手小西正在門外打瞌睡，問說：「博士，你拿着吹風機做甚麼？」

「哈哈，那你就看走眼了！」怪博士大笑：「這是動物變身槍！」

「可以把動物變身嗎？」

「不是啦，是可以把動物的特色變到自己身上喔。你看！」怪博士把變身槍對着小西，發射出一串彩色光圈，然後喊：「鷹鈎鼻！」

小西的小鼻子馬上變得好挺好漂亮！

「太棒了！」小西拍手說。「我還要變！」

「虎背熊腰！」博士喊，彩色光圈呼嚕嚕發射出來。

小西馬上變得好壯，好像健美比賽的選手。

「真了不起！」小西讚歎說。

「哈哈，有了這個，我就可以變帥了。小西，現在換你來變我了。」

怪博士把動物變身槍交給小西。「要變帥一點喔。」

「好，鬥雞眼！」小西喊。

呼嚕嚕！博士的兩顆眼珠馬上擠到中間。

「這哪裏帥！」博士氣壞了。

「我覺得很可愛啊。」小西笑得肚子痛：「雀斑！」

呼嚕嚕！密密麻麻小黑點爬滿臉。

「魚尾紋！」

呼嚕嚕！博士眼角長皺紋，看起來老了三十歲。

「哈哈哈，好好玩！」小西拍手。

「快還給我！」博士衝過去要搶變身槍。

「我還要玩嘛。」小西把變身槍對着自己。「高頭大馬！」

呼嚕嚕，小西變得好高大，矮冬瓜博士怎麼樣也搶不到變身槍。

「小西，你敢不聽話！」博士板起臉孔，手插腰。

小西又朝自己發射變身槍。「熊心豹子膽！」

「哈哈，現在我膽子很大，甚麼都敢。」小西說：「再來要把博士變成甚麼樣子呢？」

他對着怪博士，呼嚕嚕發射彩色光圈，正要喊的時候，怪博士搶先喊出：「身輕如燕！」

咚咚咚，怪博士變得好像有輕功，一跳一跳的，跳上小西肩膀，搶回動物變身槍。

「現在該我了。」怪博士說，一按變身槍按鈕，彩色光圈向小西飛過去。

博士喊：「膽小如鼠！雞皮疙瘩！牛頭馬面！狐狸尾巴！」

呼嚕嚕……

三天後——

「博士，我甚麼時候才可以出去走一走？」躲在實驗室裏的小西哭着說。

「還不行，人家看到你，會以為是怪物。」怪博士一邊研究改良變身槍，一邊說：

「忍耐點吧，再三天就會變回原狀了。誰叫你吃了熊心豹子膽呢！」

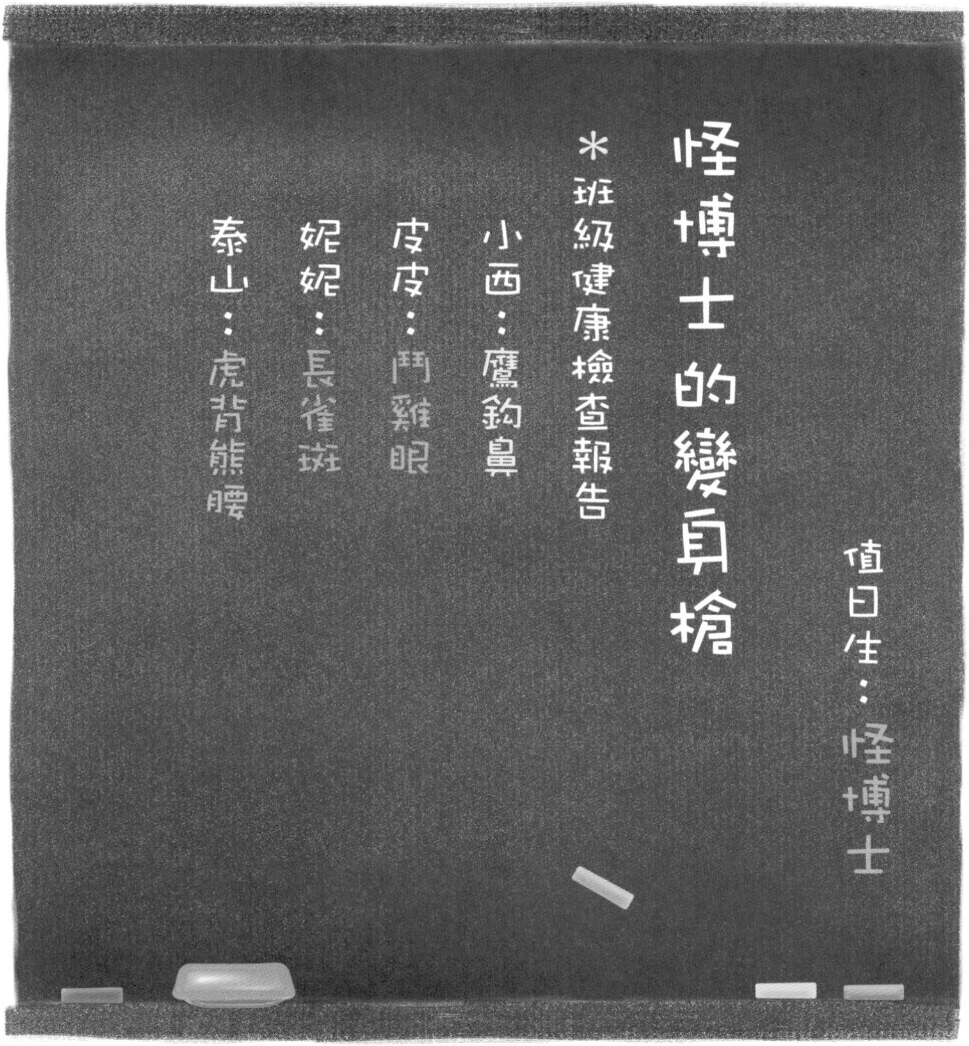
值日生：怪博士
怪博士的變身槍
*班級健康檢查報告
小西：鷹鈎鼻
皮皮：鬥雞眼
妮妮：長雀斑
泰山：虎背熊腰

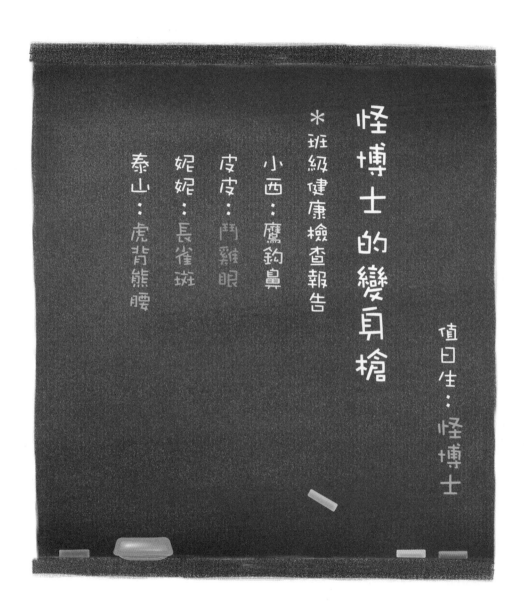

# 蟲蟲王子的故事

（吳司璿繪）

妹妹睡覺前，
一定要爸爸講故事。
可是今天，爸爸已經
很愛睏很愛睏，才講了一點點
開頭就……
「把鼻，後來咧？」
妹妹一回頭，發現「把鼻」
已經睡着了。
過了一分鐘，爸爸醒過來，

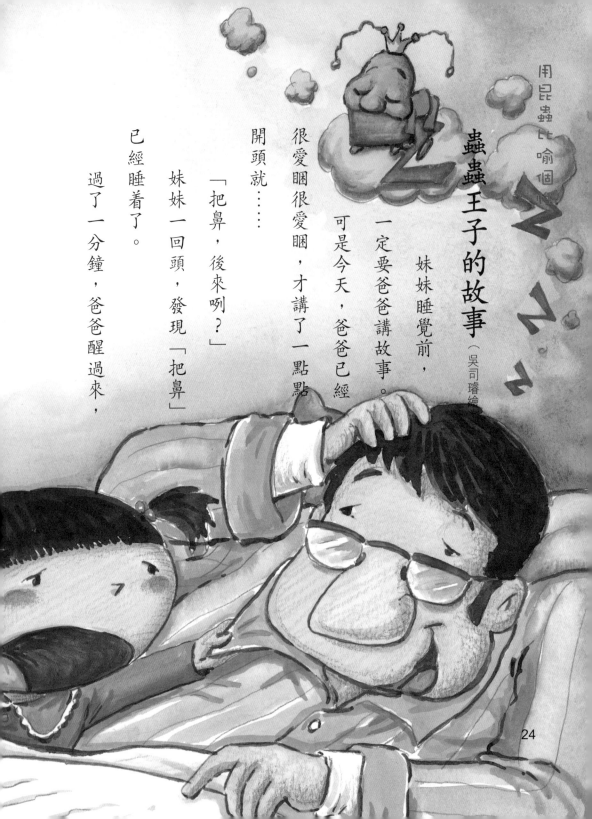

抓抓頭笑着說：

「不好意思，瞌睡蟲來了。」

「瞌睡蟲？」妹妹從來沒聽過有這種蟲。

「在哪裏？我們把牠抓起來？」

「噓，小聲點，別把牠嚇跑了。」

爸爸翻開枕頭，東找西找，就是找不到瞌睡蟲。

「跑掉了。」爸爸揉着眼睛說：「太大聲，就會把瞌睡蟲趕跑的。」

「那牠是從哪裏來的？」妹妹問。

「這個嘛……」爸爸打了個呵欠。「當然是蟲蟲王國囉。」

於是爸爸就講了一個故事：

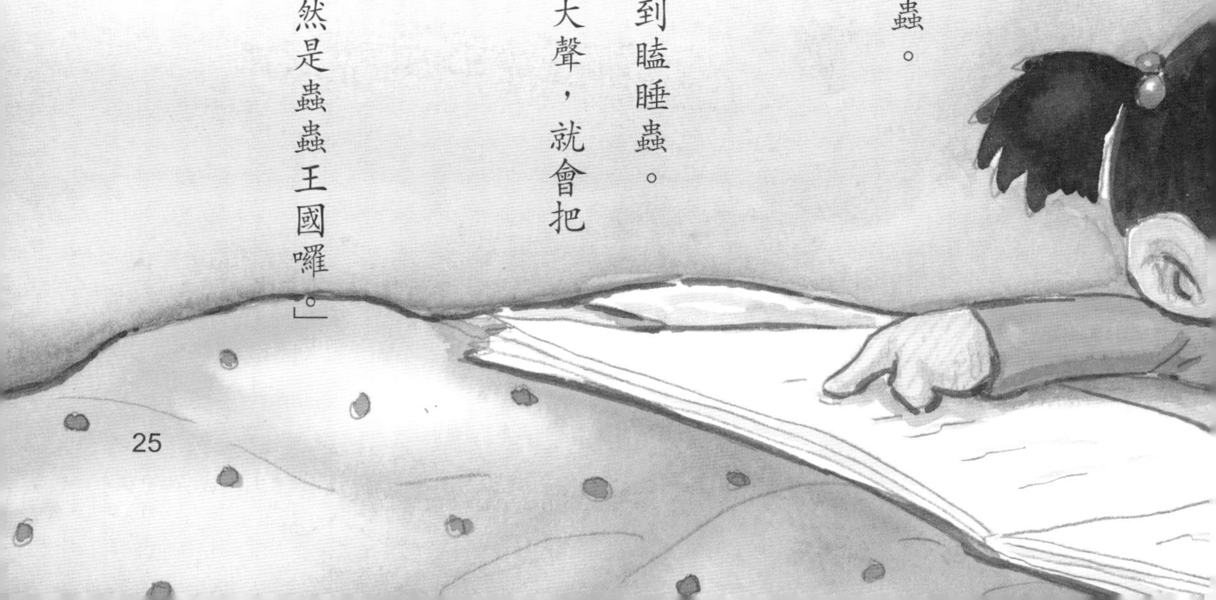

「很遠很遠的地方，有一個蟲蟲王國。有一天，有小蟲子來報告國王，說山那邊來了一隻大怪獸！於是國王就派他的七個王子，去趕走大怪獸。」

「然後咧。」

「七個王子出發了。大王子是糊塗蟲，負責帶食物。二王子是懶惰蟲，負責帶武器。三王子是個書蟲，負責想辦法。四王子是可憐蟲，負責喊加油。五王子是應聲蟲，負責談判。六王子是跟屁蟲，負責衝鋒。七王子就是瞌睡蟲了。」

「那瞌睡蟲做甚麼？」

「瞌睡蟲甚麼也不用做，因為大家都說他最沒用，整天只會打瞌睡。」

「後來咧？」

「走啊走，走啊走，大家肚子好餓，打開麵包袋一看，糊塗蟲把麵包帶成了木炭！糊塗蟲只好回家去拿麵包。

再走啊走，走啊走，怪獸出現了，原來是一隻大毛毛蟲。『快把寶劍拿出來！』大家喊。可是懶惰蟲嫌劍太重，早就把劍都丟了。他只好跑回去撿。

『現在怎麼辦？快想想辦法！』大家說。書蟲一邊翻書，一邊搖頭，這些書上都沒寫遇到怪獸該怎麼辦。他只好跑回家去翻書。

剩下的人好害怕，可憐蟲為大家喊加油：『好可憐，我們沒救了，加油，加油。』

大家聽了，就把他趕回家去。

「哈哈。然後咧。」妹妹揉着眼睛說。

爸爸一邊講故事，一邊輕輕拍着妹妹的背。

「應聲蟲只好去跟毛毛蟲談判。應聲蟲說：『毛毛蟲，請你離開吧！』毛毛蟲說：『憑甚麼？你才該走！』應聲蟲想了想，就說：『你說得對，我走了。』

應聲蟲一走，跟屁蟲也忍不住跟着他屁股後面走了。就這樣，所有人都走光了，只剩下瞌睡蟲。因為他睡着了。

毛毛蟲爬過來，正要把他一口吃掉時……

呼！瞌睡蟲一打呼，吹到毛毛蟲臉上，毛毛蟲就睡着了，一直到現在還沒醒來。

瞌睡蟲睡醒以後，找不到大

家，也找不到路回家，從此以後，他就到處流浪。遇到他的人，都會忍不住打起瞌睡來喔……」

爸爸說完故事，看着妹妹熟睡的臉，笑了，對於自己臨時想出來的故事，覺得很得意。他輕手輕腳走出房間，熄了燈，把門輕輕關上。

然而，在房間裏還有個小人兒……在妹妹的枕頭邊，瞌睡蟲放下行囊，坐了下來。「天黑了。」瞌睡蟲打着呵欠說：「唉，哪一天才能找到回家的路呢？還是先睡吧。」

很快的，房間裏響起了小小的呼聲……

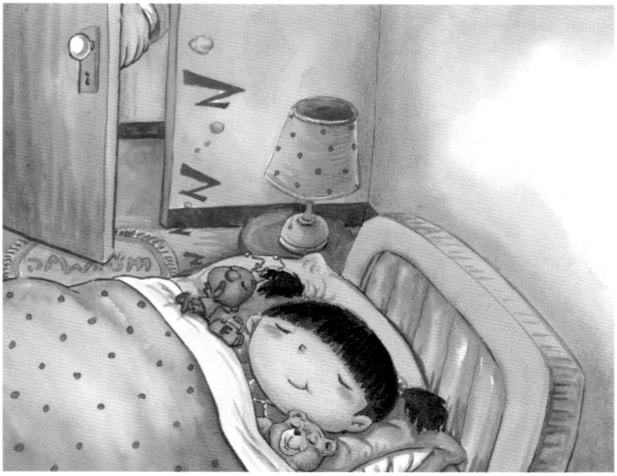

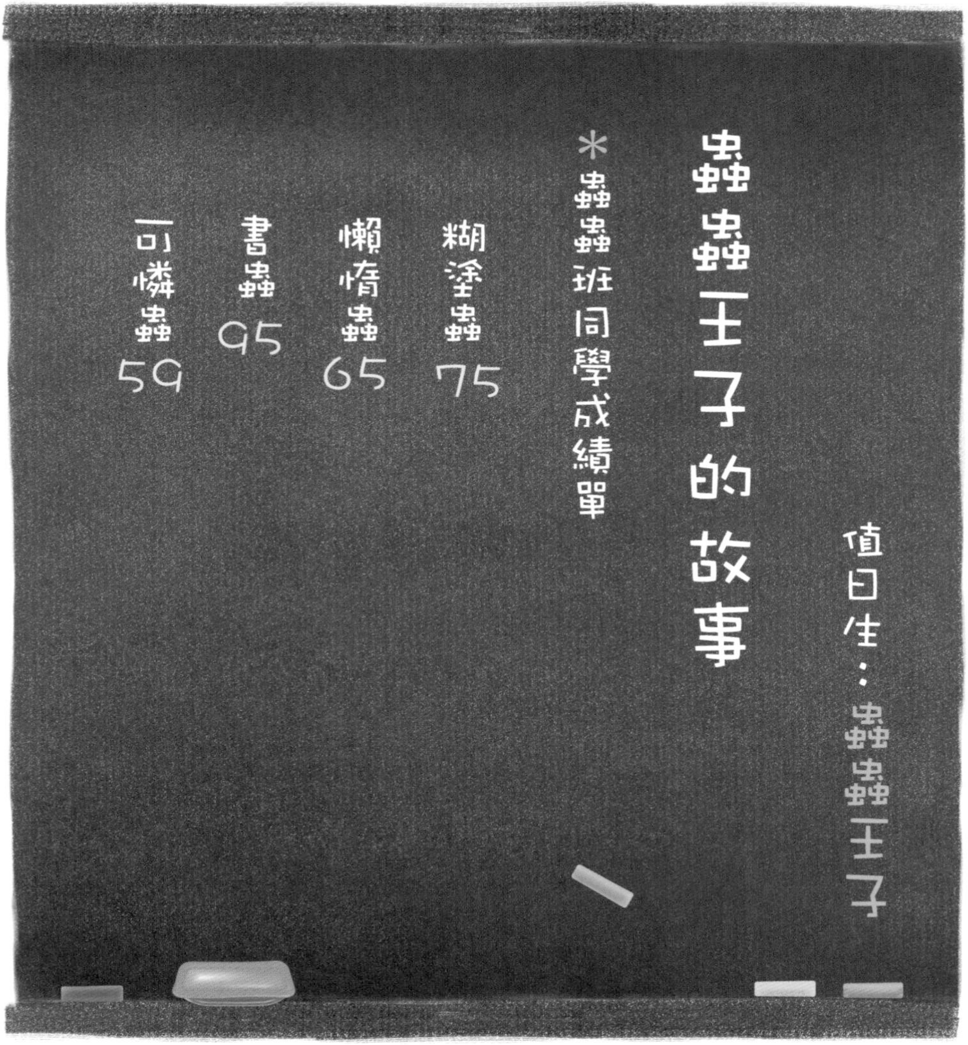
值日生：蟲蟲王子
蟲蟲王子的故事
*蟲蟲班同學成績單
糊塗蟲 75
懶惰蟲 65
書蟲 95
可憐蟲 59

# 奇怪的動物園

（吳司璿繪）

「下雨天，真討厭。」

妹妹鼻子頂着玻璃窗說。

嘩啦啦，嘩啦啦，老天爺
才不理她。

「我快無聊死了。」妹妹呵了
一口霧氣，用手指畫玻璃。

「去做功課啊。」媽媽說。

「早就做完了。」妹妹說：

「唉，家裏都沒人陪我玩。」

刷刷刷，刷刷刷，媽媽在拖地板。

沙沙沙，沙沙沙，哥哥在做功課。

「我好想養一隻狗。」妹妹說。

「不可以。」媽媽說。

「家裏已經有一隻狗啦。」哥哥抬起頭說。

「在哪裏？」妹妹歪頭。

「在桌上。」

妹妹跳起來，跑到餐桌旁，踮起腳尖看。「那是熱狗啦！」

「熱狗不是狗嗎？」哥哥笑

着說：「那養老鼠好了。」

「好好好！」妹妹喊。

「書房有一隻。」

妹妹跑進書房一看。

「你騙我，是滑鼠。」

「養這種動物才好啊，不會大小便也不會臭。」哥哥說：「我跟你說，媽媽不給我們養狗，我們就來開動物園。」

「動物園？」妹妹眼睛亮了起來。

「對，專門養別人沒養過的奇怪動物。你喜不喜歡嗎？」

「喜歡！」

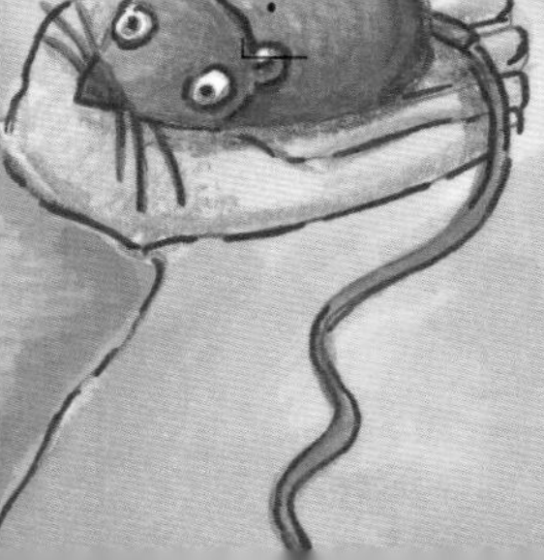

「那我們就來養一羣沙其馬！」

「耶！」妹妹拍手：「沙其馬跑起來，風裏面都會香香甜甜的。」

「你喜不喜歡大象？」

「喜歡！」

「那我們就養一頭新聞氣象。」

「耶！」妹妹拍手：「只要象鼻子舉起來，就表示要下雨了。」

「還要養甚麼？」哥哥一邊問妹妹，一邊繼續做功課。

「老虎！」

「那就養三隻母老虎。」

「不要，母老虎兇巴巴，」妹妹說：「會嚇到沙其馬。」

「那就養一隻紙老虎、一隻秋老虎，一隻吃角子老虎。」

哥哥告訴她，紙老虎是說假裝很厲害，其實不厲害的人。秋老虎是說秋天很熱的天氣，吃角子老虎是一種賭博的機器。

「你懂得好多喔。」妹妹說：「讓你

當園長好了。」

「好，那我決定，」哥哥神祕的說：「我們要養一頭龍。」

「甚麼龍？」

「化骨龍。」

妹妹笑彎了腰。

嘩啦啦……外面的雨更大了。

「要不要養幾隻落湯雞？」妹妹

笑着說：

「外面一定有很多！」兄妹倆又笑成一團。

「你們在玩甚麼啊？」媽媽拖完地，打開甜點盒子說：「好像很好玩的樣子。」

「啊！」妹妹喊。

「怎麼啦？」媽媽咬了一口沙其馬。

「我們養的馬……」妹妹說：「可憐，被吃掉了。」

媽媽愣住了。

哥哥扮了個鬼臉，繼續做功課。

妹妹在窗玻璃上呵了一口霧氣，開始畫起她的動物園……

值日生：園長哥哥

# 奇怪的動物園

＊「奇怪動物園」裏的動物走失了，它們看起來像動物，卻不是動物，請你幫忙找一找、圈起來：

青蛙

海龜

公雞

井底蛙

縮頭烏龜

黃牛票

水牛

野雞車

**答案：**

井底蛙

縮頭烏龜

黃牛票

野雞車

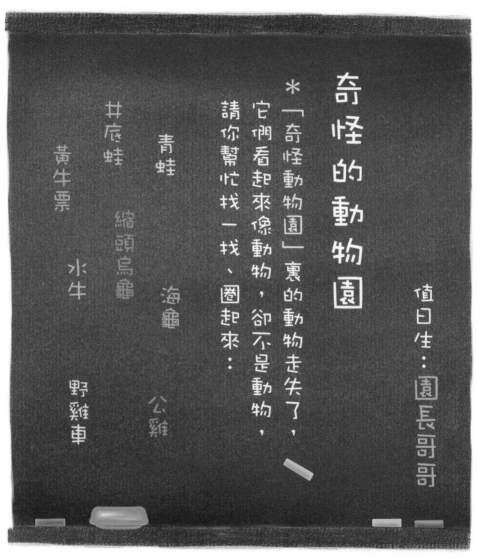

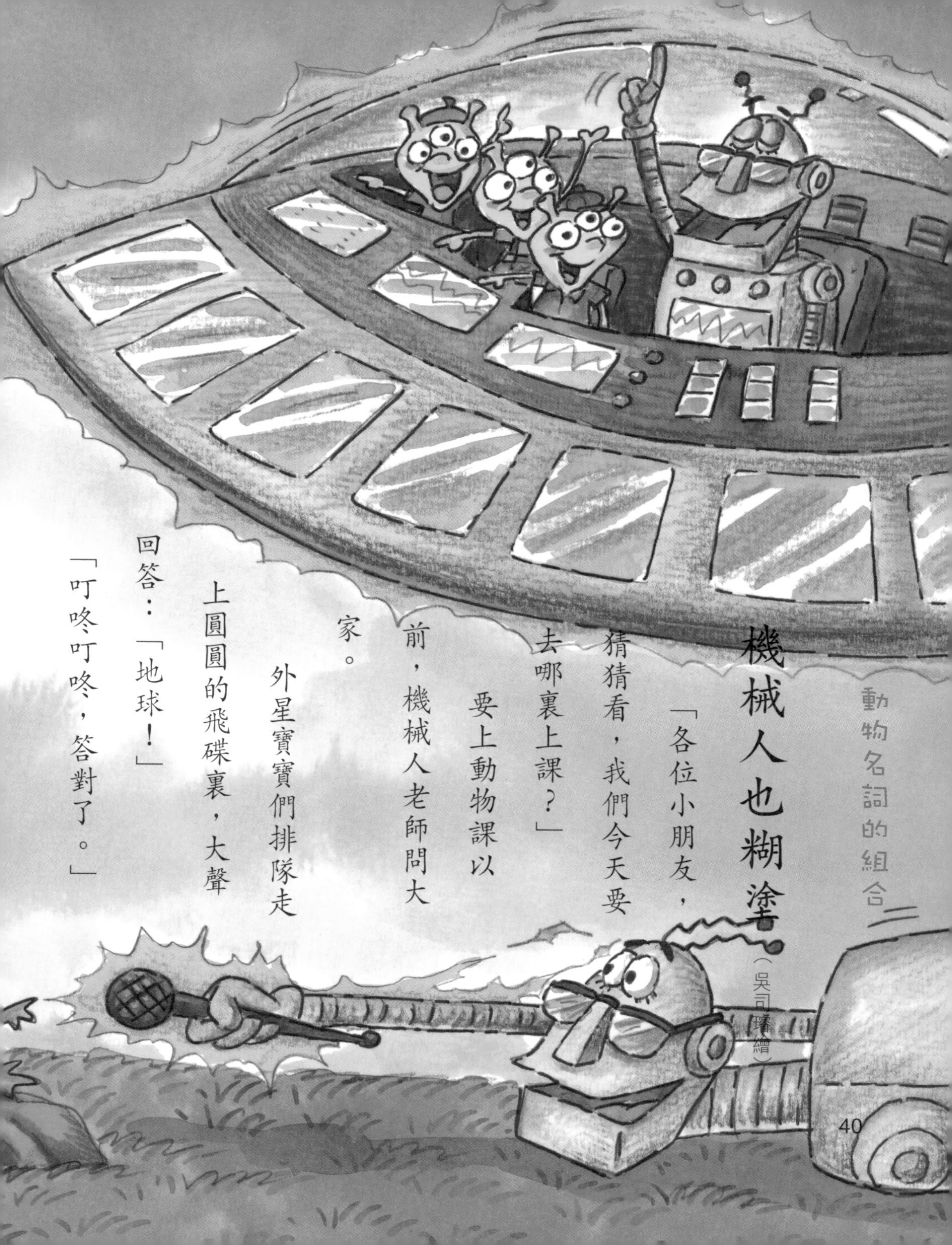

# 機械人也糊塗

（吳司璿繪）

「各位小朋友，猜猜看，我們今天要去哪裏上課？」

要上動物課以前，機械人老師問大家。

外星寶寶們排隊走上圓圓的飛碟裏，大聲回答：「地球！」

「叮咚叮咚，答對了。」

機械人老師的頭一閃一閃轉一圈。「老師是地球動物專家喔。」

呼！飛碟浮了起來。

「請不要把頭和手伸出飛碟外。」老師說：「我們要起飛了。」

耶！外星寶寶們鼓掌歡呼，然後開始把點心拿出來吃。

點心還沒吃完，飛碟就降落地球了。

外星寶寶們跑下飛碟，機械人老師開始教他們認識動物。

有一個小東西一跳一跳跳過來。

老師拿着麥克風問牠：「請問你是甚

麼動物？」

「我是田雞啊。」田雞先生有點緊張的說，第一次有人訪問牠。

「原來這就是雞啊。」老師說：「各位同學，這是住在田裏的雞，叫做田雞。雞可以分為公雞和母雞，說說看，公雞是怎麼叫的？」

「喔喔喔……」外星寶寶們都學得很像。

「叮咚叮咚，答對了，」機械人老師的頭一閃一閃轉一圈。「田雞先生，現在請你叫一聲看看。」

「呱呱呱。」

「這……各位同學，這隻雞可能生病了。」

好可憐。」老師說：「啊，那是甚麼？」

有個爬得很慢的東西走過來。「請問你是甚麼動物？」老師問。「我是蝸牛，請多指教。」蝸牛先生說。

「各位同學，這就是牛。」老師說：「牛可以分為公牛和母牛。說說看，牛會做甚麼？」

「會拉車！」大家說。「叮咚叮咚，答對了，」機械人老師的頭一閃一閃轉一圈。「牛的力氣很大對不對？

蝸牛先生，請你背我。」

蝸牛先生嚇一跳，機械人老師正要跳到蝸牛背上的時候……

「住手！」有兩隻小動物衝過來大喊。

「你們是誰？」老師問。

「人家都叫我四腳蛇，是一種很毒的毒蛇。」蜥蜴先生說。

「我是壁虎，是一種很兇猛的老虎！」壁虎說。外星寶寶們都尖叫起來。

「請你們不要欺負小動物。」蜥蜴和壁虎一起說。

機械人老師卻說：「我只是想騎牛而已啊。」

「那你可以騎那頭牛，」蜥蜴指着草原上。

「他叫犀牛。」

機械人高高興興跑過去，犀牛用角一頂，他的肚子就凹了一個洞。

「不然，騎馬也不錯。」壁虎指着湖邊。

「那裏有河馬。」

機械人又高高興興跑過去，河馬張大嘴，在他額頭留下一排牙齒痕。

機械人老師滿臉口水，走回來。

「我覺得犀牛不是牛，河馬也不是馬。」他說。

「叮咚叮咚，答對了！」蜥蜴和壁虎說。

「所以，田雞不是雞、蝸牛不是牛、四腳蛇不是蛇、壁虎不是虎……」機械人自言自語。

「那麼，大象也不是象，小狗也不是狗囉……」

「呆頭鵝。」蝸牛笑說。

「呆頭鵝也不是鵝？」機械人問：

「那是甚麼？」

「是機械人。」

「原來如此啊！」機械人老師說：「地球的動物真是太奇妙了！」

值日生：外星寶寶

# 機械人也糊塗

*「地球盃」常識測驗

一、(　)四眼田雞是 a 戴着眼鏡的田雞 b 有四隻眼睛的雞 c 戴眼鏡的人

二、(　)呆頭鵝是 a 笨笨的鵝 b 傻傻的人 c 呆呆的鴨子

三、(　)落湯雞是 a 淋得濕答答的人 b 好喝的雞湯 c 跌入水池的雞

答案：
一、c
二、b
三、a

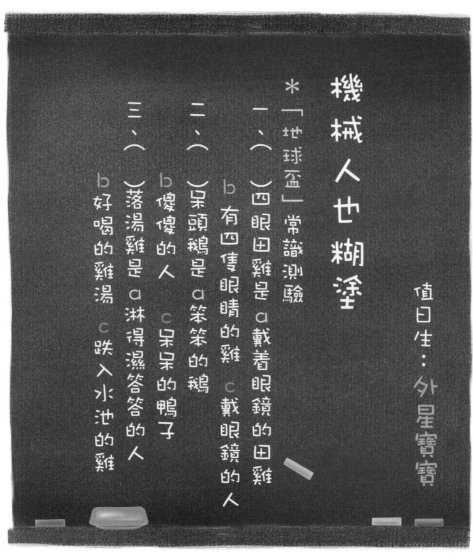

# 小馬來了

（呂淑恂繪）

妮妮皺着眉頭，咬着鉛筆，盯着作業本。

今天老師教「成語」。

「請你們回家以後，把這兩個
成語的意思查出來。」老師說：
「還要造句。」

然後老師在黑板上寫下
「心猿意馬」、「黃鶯出谷」。

可是，妮妮沒有電腦可以查。

妮妮也沒有字典可以查。

妮妮也沒有爸爸可以查。

爸爸今天要應酬。媽媽今天要學瑜伽。

妮妮回到家，只有愛打電玩的哥哥可以「查」。

「哥，心猿意馬是甚麼意思？」妮妮站在電視機旁邊問。

「大概是一種馬吧。」哥哥一邊用力按按鈕，一邊說。

原來如此。

妮妮皺着眉頭，咬着鉛筆，盯着作業本，卻想不出怎麼造句。

然後她就趴在書桌上睡着了。

喀嗒！

有一匹好可愛的小馬跳了出來。

「嗨！」小馬東跳跳、西跳跳。「我就是心猿意馬啦。」

妮妮忍不住也跟着牠跳起踢踏舞來。

東跳跳、西跳跳……不用做功課的時候，多麼快樂！

「跳到我背上來！」小馬喊。

「好呀！」

嗒啦、嗒啦……妮妮騎小馬，飛奔了起來。

跑過小山丘，跳過小河流，小馬還不停。

「這就叫馬不停蹄對不對？」妮妮在馬耳朵邊說：「老師

最近教好多成語。難死了。」

小馬點點頭，繼續馬不停蹄的往前跑。跑呀跑，跑呀跑，跑到了一座小山谷，風景好美麗……

突然一個急煞車，小馬和妮妮一起倒在草地上，滾了三圈。

「這就叫人仰馬翻對不對？」妮妮大笑説。

山谷裏的草地好柔軟，到處鳥語花香，一羣黃色的鳥兒在山谷間飛翔，唱起歌來好聽

得讓人想跳舞。

「這座山谷，」小馬蹦蹦跳跳說：「就是黃鶯出谷了。」

「黃鶯出谷？」妮妮抓着裙角，東跳跳、西跳跳。「我好想唱歌，好想跳舞！」

妮妮的歌聲好清脆，和鳥叫聲一起在山谷裏飄呀飄，好美妙。

小馬繞着她，一圈又一圈的跑。

「你靜一靜好不好！」妮妮笑說：「跑得我都頭昏了。」

「我靜不下來呀，」小馬吐舌頭說：

「因為我是心猿意馬！」

第二天，老師請妮妮上台。

「只有你，作業沒交。」

老師說：「你知道這兩句成語的意思嗎？」

「心猿意馬就是這樣。」妮妮上台表演小馬東跳跳、西跳跳，一點也靜不下來的樣子，接着說：「黃鶯出谷就是這樣。」

妮妮唱起一首美麗的歌，好聽得全班都鼓掌起來。

「太好了，」老師說：「你在哪裏查到的？」

「我也不知道，」妮妮吐舌頭說：「那匹馬自己就跑來了。」

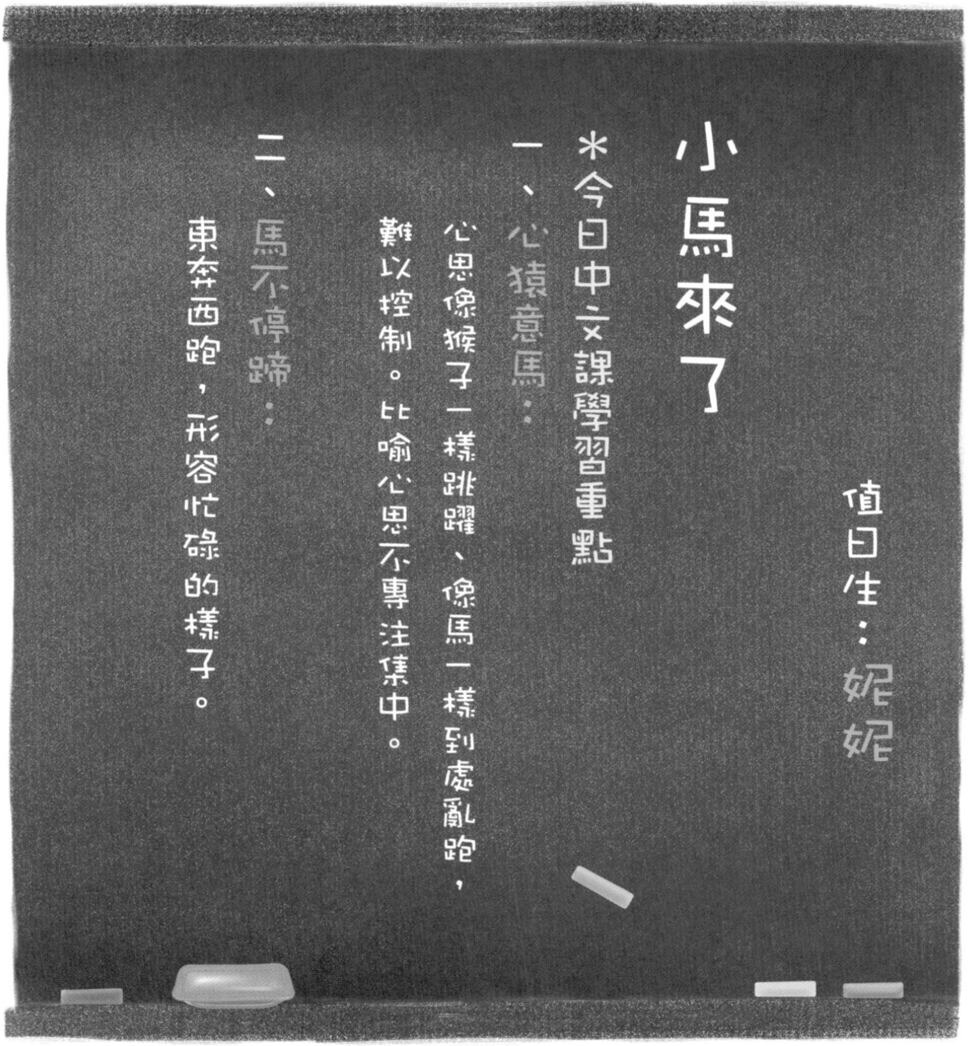
值日生：妮妮
小馬來了
*今日中文課學習重點
一、心猿意馬：
心思像猴子一樣跳躍、像馬一樣到處亂跑，
難以控制。比喻心思不專注集中。
二、馬不停蹄：
東奔西跑，形容忙碌的樣子。

# 原始人學說話

（吳司璿繪）

從前從前，當原始人剛開始會說話的時候，能夠用的句子，實在很少。

比方說，當他們覺得很開心的時候，只會說：

「我很高興！」

「多高興？」

「很高興。」

「那有多高興？」

「很高興很高興。」

後來，有一天，他們突然發現可以模

仿動物的動作來表示意思。比方說……

「我很高興！」原始人先生說。

「有多高興？」原始人太太問。

「高興得像這樣！」原始人先生就在原地跳來跳去。

「喔！原來高興得像麻雀在跳一樣！」原始人太太拍手。

他們好快樂，有了新的說法，說話就不再那麼單調了。

以後，當他們很高興的時候，就會說：

「我今天真是『雀躍』萬分！」

有一天太太突然靈機一動說：

「我們去向動物學一些動作回來吧，那就會有更多新說法！」

「對對對！」先生說。

於是，他們推着小推車，走進草原裏，邊走邊喊：「買動作喔！有沒有新鮮好用的動作可以賣喔！」

動物們都覺得很好奇。

一隻牛慢慢走過來看個究竟。

「哇，牛走路好慢。」先生說。

「對呀，以後我們動作慢的時候，

就可以說慢得像牛步。」

老牛走了半天，累得直喘氣。

「哇！牛好會喘大氣！」先生說。

「嗯，以後我們可以說『氣喘如牛』！」

老牛低下頭咕嚕咕嚕喝水，把一個小水潭都喝乾了。

「你看！」先生喊。

「嗯，以後你喝水喝太猛的時候，我就會說：『不要牛飲』！」

就這樣，老牛

還沒開口，就賣出了三個動作，賺到了一大把嫩草。

其他動物看了都趕快跑過來。

來應徵的動物太多了，原始人先生只好搭了一個舞台，讓動物們一個個上台。

「表演看看，你們會甚麼？」他說。

首先，雞和狗一起上台表演舞蹈。

原始人先生和太太，在石頭筆記本上寫下「雞飛狗走」。接着，狼和老虎上台，表演吃東西的時候，唏哩呼嚕的難看吃相。

原始人先生和太太，在筆記本上寫下「狼吞虎嚥」。

接着，老鼠表演到處亂竄，兔子表演逃生術，蛇表演

滑行……

筆記本上也一一記下了「鼠竄」、「兔脫」、「蛇行」……

最後，動物們都領了獎品解散了，原始人先生又記下「鳥獸散」。「等一下，還有我呢！」萬獸之王獅子趕來，他大吼一聲，震得人耳朵嗡嗡響。

原始人先生急忙記下「獅子吼」。

「這個我們用不上吧？」太太問。

「你發脾氣的時候就用得上囉！」先生說。

「胡說！」太太發出一聲獅子吼，拎起狼牙棒，打得先生抱頭鼠竄，鬧得草原上雞飛狗走……

「你看他們倆多恩愛啊。」動物們都說。於是，動物們就帶着禮物，歡喜雀躍的回去了。

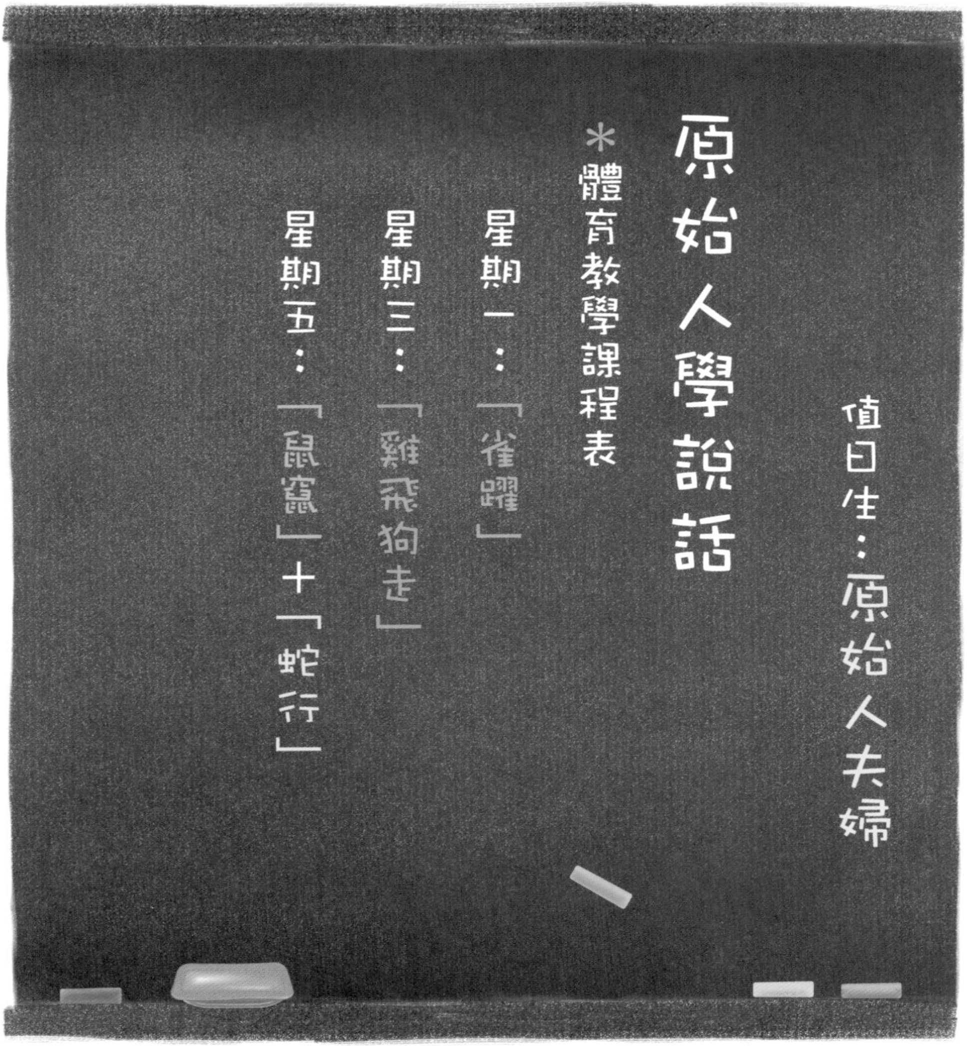
值日生：原始人夫婦
原始人學說話
＊體育教學課程表
星期一：「雀躍」
星期三：「雞飛狗走」
星期五：「鼠竄」＋「蛇行」

# 皮皮的俏皮話

（呂淑恂繪）

皮皮是一隻小狗，皮皮的爸爸是一隻小狗，皮皮的媽媽也是一隻小狗。

這是一個小狗家庭。

傍晚的時候，小狗爸爸下班了，拎着公事包回到家，把皮鞋一脫，躺在沙發上喊說：

「啊，累死我了。」

皮皮飛也似的跑過來。

「爸爸跟我玩！」

媽媽從廚房裏探出頭來。

「爸爸忙了一整天，已經累得像狗一樣，不要再吵他了。」

「可是爸爸本來就是狗啊。」皮皮說。

「只是打個比方嘛。」媽媽聳聳肩，又回廚房炒菜去了。

「甚麼叫比方？」小狗皮皮咬着爸爸的褲管問。

爸爸歎了口氣。唉，真是不得清閒。

「比方就是比喻。」爸爸說。

「甚麼是比喻？」

「比喻就是『就好像』。」

「甚麼是『就好像』？」

「爸爸累得就好像直喘氣的狗一樣。

皮皮吱吱喳喳吵個不停，就好像陽台上的麻雀一樣。」

皮皮歪歪頭。「那媽媽像甚麼？」

「像春天的蜜蜂，忙個不停。」

「那姊姊像甚麼？」

姊姊做完功課，一蹦一跳從書房跑出來。

「姊姊像花朵上的蝴蝶。」姊姊說：

「美上加美。」

「好臭美。」皮皮吐舌頭。

「哼，狗嘴裏吐不出象牙來。」姊姊手插腰。

「狗嘴？象牙？」

媽媽從廚房裏端了一道菜出來。「這也是個比方呀。」

「你們講話都好像在猜謎一樣。」皮皮又去咬爸爸的褲管。

可是爸爸已經睡着了。

「噓，不要再吵爸爸了。」姊姊說：「不然你只會貓舔狗鼻子。」

「又要猜謎嗎？貓舔狗鼻子，癢癢的？」

「錯，貓舔狗鼻子，自討沒趣。」

「再來再來，還要猜！」皮皮跳着說。

「你功課做完了沒？」

「早就做完了。」

「那真是狗捉老鼠貓看家啊！」

「狗捉老鼠貓看家？奇怪？」

「不是奇怪，」姊姊笑說：「是反常。」

姊姊跟皮皮笑成一團。

媽媽煮了一桌好菜，拍拍手走出廚房。

「好啦！開飯了，我煮的菜可是棒打鴨子……」

「又沒鴨子。」弟弟探頭到餐桌上看。

「棒打鴨子，呱呱叫！」媽媽說。

「媽媽也會說謎語？」

「這不叫謎語啦，這是俏皮話。」

「為甚麼你們都會？」

「誰叫你不多看點書。」姊姊說。

「哼，有甚麼了不起！」皮皮喊。

爸爸被吵醒了，揉着眼睛，睡眼惺忪走到餐桌旁。

「爸爸，你現在的樣子，好像狗吹電風扇。」皮皮說。

「甚麼？」

「瞇瞇眼。」皮皮說：

「狗吹電風扇的時候，眼睛會瞇瞇的。」

「甚麼跟甚麼呀。」

「只是打個比方嘛。」皮皮學着大人的口吻說：「比方就是比喻，比喻就是就好像。這是俏皮話啦，多看點書就會了。」

姊姊噗哧一聲，差點把飯粒噴出來。

「這才不叫俏皮話，這叫皮皮話。」姊姊說：「皮皮自己發

明的怪話。」

爸爸卻一頭霧水，只想趕快吃完飯再去睡一覺，因為他今天真的累得像狗一樣。

雖然他本來就是狗。

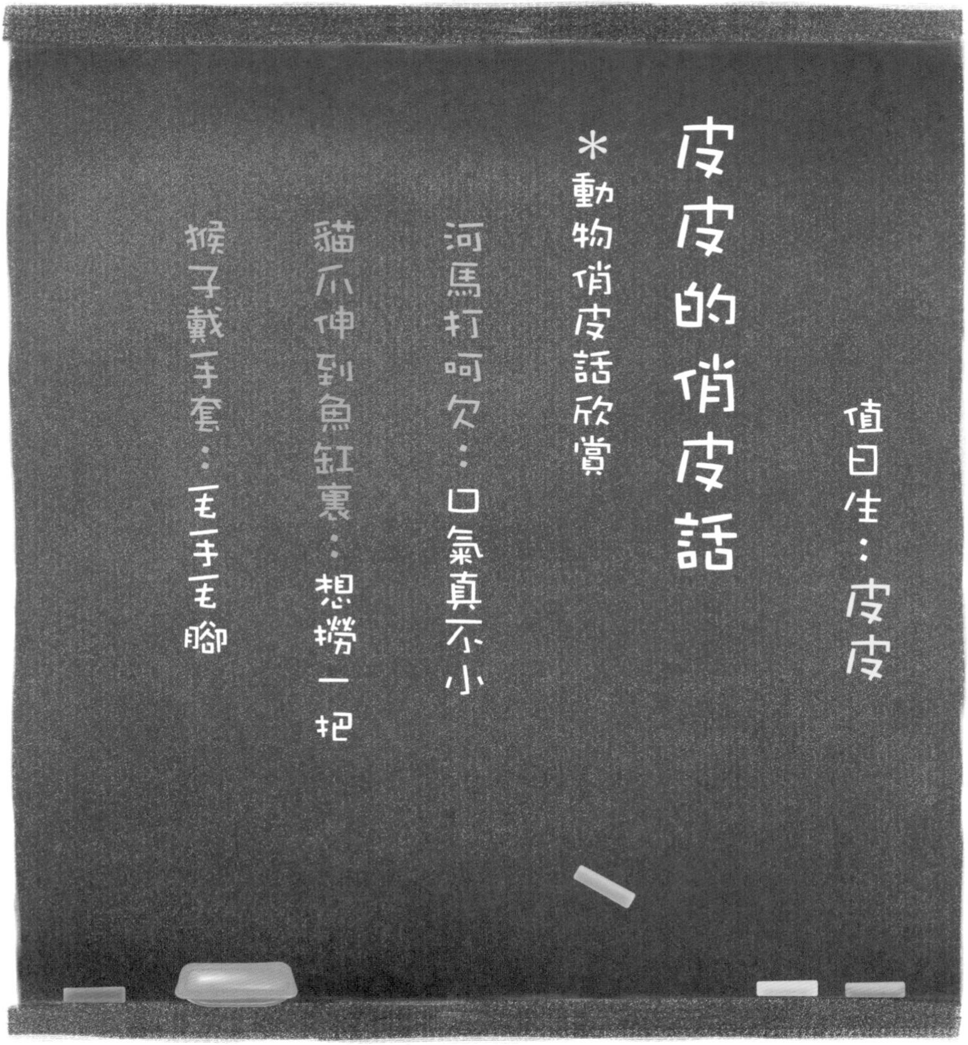
值日生：皮皮
皮皮的俏皮話
＊動物俏皮話欣賞
河馬打呵欠：口氣真不小
貓爪伸到魚缸裏：想撈一把
猴子戴手套：毛手毛腳

## 動物天堂

（吳司璿繪）

有一天，在大草原上，叮咚一聲，好像電梯門打開一樣，在空中打開一扇門。

「一樓到了，謝謝光臨。」電梯裏的天使小姐說，然後就有個先生提着公事包走了出來。

「嗨！大家好。」他向草原上的動物們打招呼說：「我是神。」

鹿呀馬呀牛呀，草原上的動物們，大家都抬起頭看了一眼，然後就繼續吃草。

「喂，大家注意喔，」神拍拍手說：「我是來給各位動物打分數的喔，表現不好的動物，就要從地球上消失喔。」

這下子，動物們都圍了過來。

「為甚麼要這樣？」有人問。

「因為動物太多了，有些小朋友禱告的時候說，那麼多種動物，他們都記不清楚名字，常常被老師罵。」

神說：「所以囉。」

神從公事包裏拿出中文字典，打開來。「你們的表現人類都記在這裏。」

老虎從草叢裏跳出來說：「不用說，我的表現一定最好了！人們都說我『虎虎生風』、『生龍活虎』！」

神翻一翻字典。「那也不見得，也有『虎頭蛇尾』這句話啊。」

「那……那……」老虎讀過的書很少。「那是甚麼意思？」

「就是一開始好像很棒，後來卻不了了之。」神說。

「都是蛇惹的禍。」老虎說：「我的表現應該還不錯？」

「馬馬虎虎啦。」馬聽到神提到他，趕緊說：「我可以證明我很優秀，有句話叫『馬到功成』，可見人們多喜歡我。」神又翻一翻字典。「人們可不怎麼喜歡『露出馬腳』。」「可是人們喜歡給個『下馬威』呀！」「不過『拍馬屁』的人，惹人討厭！」兩人吵來吵去，沒有結果，這時候老山羊歎氣了。「唉！別吵了。先問問人類，捨不捨得我們哪。」

「老鬍子，甚麼意思？」神問。

「你看，人們一整天，都少不了我們。早上起牀

晚了，怕遲到，他們就急得像熱鍋上的螞蟻。」老山羊說。草原上的螞蟻全都點點頭。

「早餐吃得太快，媽媽就會罵：『你這麼猴急幹甚麼？』。」猴子們都笑了。

「馬路上，大家一窩蜂的趕着上班上學。公車上擠得像沙丁魚似的，費了九牛二虎之力，才擠上公車。大人到了辦公室，忙得像無頭蒼蠅團團轉，小孩子到了學校，像縮頭烏龜似的，怕遲到挨罵。」

聽到自己名字的動物們，都起立拍手。

「考試的時候，雖然都不會，還是憑着牛脾氣，一口氣

做完了。考完還吹牛說都會。考壞了還要老師安慰說，沒關係，不要再鑽牛角尖了。」

牛伯伯聽了，又開心，又害羞。

「班上有個同學，很『鴨霸』，勸他不要欺負人，他說你雞婆，約你去打一架，你心想，打架你一定吃鱉，只好放他鴿子囉！」雞、鴨和鴿子，都笑得拍翅膀。池塘裏的鱉卻悶悶不樂。

「放學時，心頭小鹿還在怦怦跳，忽然看到爸爸開車來接了，好高興！真是心有靈犀一點通！

犀牛、小鹿和大家一起歡呼。

「你看，如果沒有這麼多種動物，人類要怎麼辦？我看他們連話都不會說了。」「嗯，有道理。」

神把字典收進公事包。「那我回去了。」

叮咚！半空中，電梯門又打開了。

「歡迎光臨！請問您要到幾樓？」電梯小姐問。

神說：「我到最頂樓，天堂。」

「這裏已經是天堂了。」

「甚麼？」

電梯小姐看着可愛動物們，笑着說：「動物天堂。」

值日生：天神伯伯

# 動物天堂

*天神伯伯的字典

說說看，這些字詞是甚麼意思？

一、虎頭蛇尾

二、露出馬腳

三、鑽牛角尖

**答案：**

一、比喻起初聲勢浩大，後來勁頭很小，有始無終。

二、被人識穿破綻。

三、比喻一個人思考沒有研究價值或無法解決的問題。

動物名的慣用語

# 森林之王的夢

（呂淑恂繪）

森林之王泰山，住在大城市裏。

「喔咿喔咿喔……」他常常一個人在房間裏，練習他的吼聲。

可是再也沒有一大羣動物，聽到吼聲後，飛奔到他身邊來。

他覺得好寂寞。

大城市裏，幾乎看不到甚麼動物，但是有許許多多小東西，會讓他想起他的老朋友們。

走在馬路上，踩着斑馬線，他就懷念起從前在草原上，和斑馬一起賽跑的時光。可是現在馬路上只有硬梆梆的水泥，斑馬線也不像斑馬身上的線條那麼美麗。

路上有金龜車來來往往，可是它們不像金龜子會在樹林裏飛舞。

路邊有鵝卵石，可是這些鵝卵生不出小鵝。

城市裏有高高的鷹架，可是上面卻沒有老鷹。

工人手上拿着老虎鉗，可是老虎鉗並不會吼叫。

一整天，泰山就這樣一邊散步，一邊想念着動物朋友們。他想，是不是城市裏的人，也很想念動物朋友們，才把他們身邊的那麼多東西，都用動物來取名字？

傍晚，泰山慢慢走回家，吃完飯，戴上老花眼鏡看看電視，就上牀睡覺了。

夜裏，他夢見他收到了一封信。

信封上打着漂亮的蝴蝶結，他一伸手，蝴蝶結就拍拍翅膀，飛走了。

泰山打開信，信紙發出「哞」的叫聲，原來那是一張牛皮紙。

泰山打開螢光燈，想看個清楚，螢光燈飛出幾千隻螢火蟲，把信照得好亮！信上寫着：「森林之王，請來參加森林舞會！」

叭叭！窗外有一輛金龜車在按喇叭，一邊拍着透明的翅膀。

「等一下！」泰山說：「我換衣服！」

森林舞會耶！要穿甚麼好呢？

泰山戴上鴨舌帽，鴨舌頭卻一直舔他的臉，他只好換成燕尾

服，才剛穿好，燕尾服卻飛走了，飛出窗外，變成一羣美麗的燕子。

泰山只好打着赤膊，就像他在森林中一樣。他坐上了金龜車，金龜子伸出長長的觸角，就起飛了。

泰山往下一看，整座大城市已經變成大草原，斑馬線全部變成斑馬在奔跑呢……

啊！好美的夢啊！

清晨，泰山醒了過來，揉揉眼睛，發現自己睡在森林的樹屋裏。

一隻猩猩跑過來。「泰山，早安！睡得好不好？」

「真奇怪。」泰山說：「我又夢到以前住在城市裏的那段時光。」

「別怕。」猩猩一邊幫泰山做早餐，一邊說：「你已經回來啦！」

值日生：泰山

# 森林之王的夢

＊我們的生活中，有哪些東西是用動物名字命名的呢？請你幫忙想一想：

水龍頭　燕尾服　老虎鉗

牛皮紙　（　）（　）

（　）（　）（　）

**答案：**

斑馬線

鴨舌帽

鵝卵石

螢光燈

老虎鉗

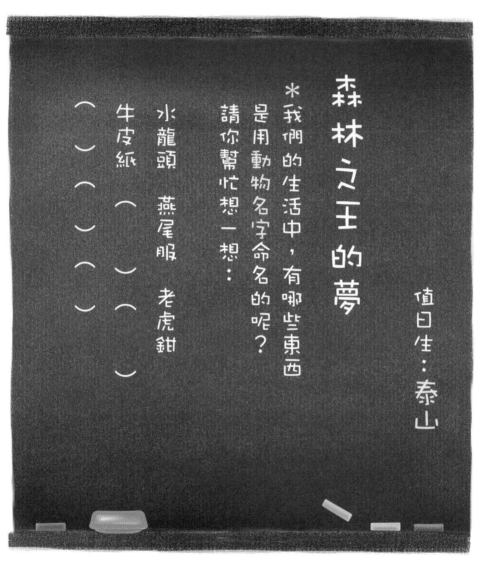

推薦文

# 閱讀和文字，文字和閱讀

兒童文學專家　林良

關心兒童閱讀，是關心兒童的「文字閱讀」。培養兒童的閱讀能力，是培養兒童「閱讀文字」的能力。希望兒童養成主動閱讀的習慣，是希望兒童養成主動「閱讀文字」的習慣。希望兒童透過閱讀接受文學的薰陶，是希望兒童透過「文字閱讀」接受文學的薰陶。

閱讀和文字，文字和閱讀，是連在一起的。

這套書，代表鼓勵兒童的一種新思考。編者以童話故事，以插畫，以「類聚」的手法，吸引兒童去親近文字，了解文字，喜歡文字；並且邀請兒童文學作家撰稿，邀請畫家繪製插畫，邀請學者專家寫導讀，邀請教學經驗豐富的小學教師製作習題。這種重視趣味的精神以及認真的態度，等於是為兒童的文字學習撤走了「苦讀」的獨木橋，建造了另一座開闊平坦的大橋。

導讀

# 文字動物園

陳純純 老師

孩子從牙牙學語開始，聰明的父母總會拿出許多認知圖卡，想幫助孩子更快的學習新知。這些圖卡當中，應以「動物」圖卡為最常見，當孩子們看到圖卡中的圖像，能準確說出動物的名稱，更讓為人父母者以孩子的進步為榮、雀躍萬分。但隨着年齡的增長，閱讀的機會增加，孩子會漸漸發現：文章中出現的「動物」常常不再是原來圖卡中的意象，而有了各式各樣不同的意義，小小讀者需從文章中重新解讀文字的新意，才能順利完成篇章的閱讀理解。讓我們依據不同主題來介紹幾篇有趣又易於學習的文章，讓「動物」為我們現身說法。

## 一、成語變調曲

成語是「詞義穩定的名言、名句、俚語、俗語、格言、諺語，被人經常應用，或是流傳廣泛的典故，成為日常生活的習慣用語。」那麼這些成語的典故是從哪裏來的呢？所代表的原始意義是甚麼？又該如何運用在日常生活中？

將成語拿來當形容詞，是日常生活中非常重要的表達方法，使用過程，卻不一定要死守原來的意思，偶爾可以拿來幽默自己或他人一下，轉化過後的用法，會讓

聽到或讀到的人有驚豔的感覺。

然而有時候，用成語形容事物對孩子來說非常抽象，照着字面上的解釋，只能說出它的原意或想像原始故事，要如何運用於生活中，則需要配合情境的練習。因此，孩子們在造句的過程中，如何為自己的句子營造一個適當的情境，讓成語的使用恰如其分，在教學上相當重要，必須多加練習。例如：「小明寫的字真是『龍飛鳳舞』哇！」乍看之下，頗有讚賞之意，實則當做「反語」使用，意在諷刺。如果使用的情境是在孩子表現優良時，這句話真的是在讚賞，但若文章改成：小明拿回老師用紅筆寫着「字體潦草」的作業時，老師說：「小明寫的字真是『龍飛鳳舞』哇！」比照前後文的情境，孩子就會了解這句話的真正用意並非讚美。

如果將與動物有關的成語列出，再將它們編織成有趣的故事，藉此引起孩子學習成語的興趣，相信會讓孩子們在成語的認識與運用上更上一層樓。「十二聲笑」這個故事，充滿趣味且文意清楚，不但將動物成語形容詞應用得淋漓盡致，更將它安排成孩子耳熟能詳的十二生肖來說明，必定能讓讀者除了會心微笑之外，運用成語能力迅速成長。

生活當中，身為父母師長的我們，是不是經常鼓勵或指責孩子的行為？讓我們也來整理一下，通常我們用在孩子身上正面或負面的形容詞有哪

些？其中哪些和「動物」有關？相信用這種有趣的動物語言，孩子們一定更樂於與父母溝通。

## 二、誰像誰？誰是誰？

中國文字中的一些形容詞用法，常會因人、時、地、事及表情的不同而產生不同的趣味變化。動物當然也能拿來形容身形、情境、時間、地點、動作。譬如說：「這個人在操場上的表現真是『生龍活虎』。」他並不是龍或虎，但生氣勃發的樣子透過這樣的形容便躍然紙上。我們或許也會說「鄉下的外婆家附近，有許多條『羊腸』小徑。」即使大家都知道那些小路一定比「羊腸」大很多。又例如：「『像鴨子一樣聒噪的』妹妹，總是在我做功課時干擾我。」這句話貼切傳達了作者的無奈與煩躁。

這樣的用法，我們在修辭學上稱它為「譬喻法」。「譬喻」是寫作中最常見的修辭法，對於許多的人、事、物，加上譬喻形容詞，更能彰顯作者的意念，若能利用「動物」敏銳的聽覺、嗅覺等特點來形容，就能讓文章吸引更多人閱讀。

我們來看看「原始人學說話」這篇文章：「喔！原來高興得像麻雀在跳一樣！是『雀躍』萬分！」、「對呀，以後我們動作慢的時候，就可以說慢得像牛步。」、「哇！牛好會喘大氣！」、「嗯，以後我們可以說『氣喘如牛』！」這

些動物形容詞適切的在故事中出現，如此一來，是不是更淺顯易懂呢？

### 三、以我之名，別有所指

日常生活中，有很多以動物為名的慣用語，事實上根本不是動物。想起來了嗎？「森林之王的夢」這個故事就穿插了許多這類詞語：「斑馬線」、「金龜車」、「鵝卵石」、「鷹架」、「老虎鉗」、「蝴蝶結」、「牛皮紙」、「螢光燈」、「鴨舌帽」、「燕尾服」，它們是動物嗎？想想看它們和動物間的關聯。

在「奇怪的動物園」裏，這對兄妹沒辦法真的養寵物，於是就用想像力養了一些另類動物：「滑鼠」、「沙其馬」、「熱狗」等，在這些詞語裏它們既不是動物，也跟動物形容詞無關，但是我們都習以為常的使用這些字詞，也知道它們是甚麼。

還有一類動物字看起來像是某種動物，實際上卻是另外一種——名字的最後一個字是甚麼，並不表示它就是甚麼，譬如：田雞不是雞，蝸牛不是牛，四腳蛇是指蜥蜴，壁虎和爬牆虎跟虎一點關係都沒有，呆頭鵝甚至是用來取笑別人的話呢！

### 四、俏皮話與猜謎

透過精心設計的燈謎和詩謎，孩子們可以試着在腦海裏複習、拆解字形，或想像字形、字音和字義的關係，從小開始領略文字的趣味。而俏皮話更是在一般對話中增添趣味的好方法。

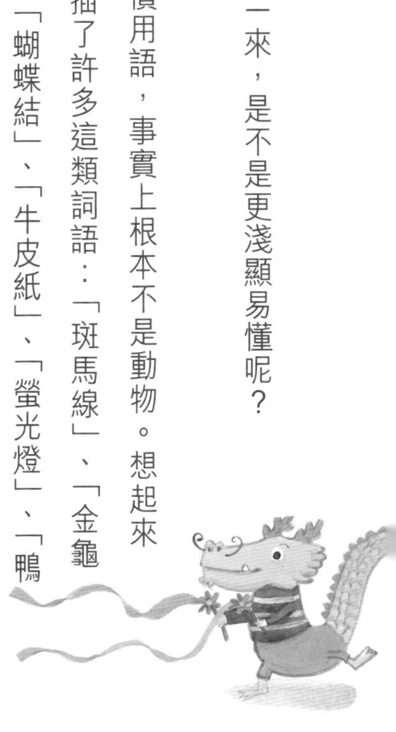

書名：十二聲笑
編著：哲也
繪圖：呂淑恂 吳司璿
封面繪圖：呂淑恂
封面設計：郭惠芳
責任編輯：黃家麗
出版：商務印書館（香港）有限公司
香港筲箕灣耀興道三號東滙廣場八樓
http://www.commercialpress.com.hk
發行：香港聯合書刊物流有限公司
香港新界荃灣德士古道220-248號荃灣工業中心16樓
印刷：美雅印刷製本有限公司
九龍官塘榮業街六號海濱工業大廈四樓A室
版次：二零二二年四月第四次印刷

ISBN 978 962 07 0405 5
Printed in Hong Kong